FÊTES

DE

SAINT-CASSIEN.

LES FÊTES

DE SAINT-CASSIEN,

ou

DE LA FONTAINE-FROIDE.

DIJON,

IMPRIMERIE DE CARION, PLACE ROYALE.

1825.

LES FÊTES

DE SAINT-CASSIEN,

ou

DE LA FONTAINE-FROIDE.

Première Journée.

Cieux embrasés, qui tonnez sur nos têtes,
Grâce pour aujourd'hui ! ne troublez point nos fêtes,
Revêtez-vous d'azur, redevenez sereins,
Et soyez attentifs à nos joyeux refrains !
　　　Et toi, Nymphe de la Fontaine,
Inspire-moi ! Ton eau vaut mieux que l'Hippocrène,

Et ton urne féconde un plus riant vallon
Que ceux par où l'on grimpe au sommet d'Hélicon :
      Cependant je ne puis en boire !
De Bacchus mécontent le terrible courroux
Viendrait troubler les chants que j'entonne à ta gloire :
      Craignons de le rendre jaloux !
      Toi-même, charmante Naïade,
Tu pourrais me trouver froid, sans grâces, maussade.

      Vierge modeste, au printemps de ses jours,
Qu'effarouche peut-être un impudent satyre,
Ne craint pas cependant qu'un aimable délire
Pétille dans les yeux des folâtres amours.
Hébé d'Apollon même, Hébé remplit la coupe
      Non d'eau claire, mais de nectar.
De ces jeunes beautés vois la joyeuse troupe
Agacer à l'envi, lutiner le vieillard,
      Qui, le front barbouillé de mûres,
Les bras embarrassés dans des liens de fleurs,
Exhale en souriant ses naïves douleurs,
Et sur la vive Églé court venger tant d'injures.
Les Nymphes et Bacchus ne sont point ennemis :
      Ne brisons point des nœuds si pleins de charmes;
Aux lois de l'amitié, Nymphe, restons soumis :
Trop de présomption nous coûterait des larmes.

Mais déjà les travaux cessent de tout côté,
La brune Thestylis a quitté sa faucille;
Les greniers sont remplis des tributs de l'été.

Pour ses troupeaux, pour sa famille
Qui se repose enfin dans les bras de Cérès,
Pour ses robustes attelages
Par qui le soc féconda les guérets,
Le laboureur au ciel adressant ses hommages
N'a plus à redouter l'hiver ni ses rigueurs.
Charmante paix ! repos plein de douceurs !
Mais la soudaine jouissance
N'a point tari la source des désirs,
Et chargé de son fruit, gage heureux d'espérance,
Le pampre verdoyant promet d'autres plaisirs.
La faux a de ses fleurs dépouillé la prairie,
Et l'or ondoyant des moissons
Ne se balance plus sur le dos des sillons :
La plaine de Cérès est aride et flétrie ;
Mais les coteaux de leurs riches festons
Étalent à l'envi la riante verdure,
Et le jeune raisin, de ses grains inégaux
A travers le feuillage offrant la bigarrure,
Est comme ce mélange et de biens et de maux,
De craintes et d'espoir, de joie et d'amertume,
Seul bonheur permis aux mortels,
Soit qu'en leur sein la vie ou s'éteigne ou s'allume.
Mais quoi ! du vigneron les modestes autels
Déjà de la vendange ont reçu les prémices !
La foule émerveillée admire avec délices
Ces rameaux empourprés offerts au Roi des cieux;
Un peu d'art a mûri ces raisins précieux,

Qui pour ce saint usage ont devancé l'automne,
Et que l'été surpris attache à sa couronne.

Savigny, doux refuge où la fille des Rois (*)
Vint d'une cour perfide oublier les orages,
Quelle main sur tes murs grava ces vieux adages?
Quelle main a tracé sous tes rustiques toits
Les modestes souhaits, les préceptes d'Horace?
      Quelle muse fit son Parnasse
De tes monts escarpés, de tes rians coteaux?
Quel sublime génie aux Nymphes de tes eaux
Vint imposer l'affront de ces trois mots mystiques
Qui leur font une loi d'un silence éternel?
    Quel bel esprit, quel poète immortel
    Vint baptiser tes vins *théologiques?*
Mais laissons le passé. Cassien du haut des cieux
M'adresse courroucé ces terribles reproches :
« Faut-il pour la beauté, fille des demi-dieux,
» Abandonner les saints! Des bienheureuses cloches
» Les célestes accens sont-ils muets pour toi?
» Vois ce peuple rustique et fidèle à sa foi,
» Au temple, orné par-tout de pompeuses guirlandes,
» Accourir empressé, les mains pleines d'offrandes!
» Les chants ont commencé, de mon nom glorieux
   » Tout retentit, orémus, hymne, antienne.
» Germain de Savigny m'abandonne les cieux;
   » Il fuit : rivale de la sienne,
» Ma puissance adorée anime ces beaux lieux,

» Tandis qu'il se morfond dans son froid Monthelie.

» Mais pour fêter un saint (malheur à qui l'oublie !)

  » C'est peu de chanter au lutrin ,

» Il faut encore, il faut faire honneur à son vin.

» Un peuple hospitalier t'appelle, te convie ;

» Sa porte reste ouverte et sa table servie;

» Le nectar coule à flots, et la loi des buveurs,

» Loi prudente, loi sage, a proscrit la Naïade;

» Car son onde perfide en ton cerveau malade

» Bientôt ferait du vin remonter les vapeurs.

» Fi de l'eau! viens, bois sec, et mets ta confiance

» En un Dieu paternel dont la toute-puissance

» Renferma tant d'esprits en un vin généreux.

» Entends-tu ces refrains qui montent vers les cieux ,

» Ces cris tumultueux, cette bruyante joie?

» Ce jour est tout entier filé d'or et de soie

» Pour ce fils de Bacchus, dont le nez à rubis

» Se mire dans son verre où le chagrin se noie.

  » Adieu tourmens, adieu soucis;

» Nous compterons demain, à demain les affaires !

» Oublions aujourd'hui les humaines misères.

» Mais que dis-je? et pourquoi faut-il que mes regards

  » Soient attristés par ce hideux spectacle?

» Que ne puis-je, ô mon Dieu ! faire encore un miracle,

» Redresser ces boiteux, rajeunir ces vieillards,

» Guérir ces fainéans dont les cris lamentables

  » Décèlent d'effrontés jongleurs !

» L'honnête homme, à l'aspect de ces vils misérables,

» Apprend à redouter de trompeuses clameurs,

» Et détourne les yeux de maux plus véritables.

» Ah ! puisque mon pouvoir est usé sans retour,

» Que ne suis-je, au moins pour un jour,

» Alguazil ou gendarme, agent de la police,

         » Ou familier du saint-office?

» Certe, au lieu d'éplucher les discours imprudens

» Que l'indiscret Bacchus inspire à ses enfans,

» Comme j'étrillerais cette engeance maudite,

        » Cette canaille parasite

» Qui du bon villageois, honnête, industrieux,

» Vient troubler la gaîté, vient affliger les yeux !

» Mais je ne suis qu'un saint, et ma faible puissance

        » De ces importuns maraudeurs

» Ne saurait réprimer la cruelle impudence.

» N'en parlons plus, buvons pour soulager nos cœurs. »

Ainsi parla le saint, usant du privilége

Que donne à ses pareils la faveur du saint-siége,

Et certes pour un saint il ne parlait pas mal.

Je suivis ses conseils : le vin *théologal*,

Sans tuer ma raison quelque peu chancelante,

Echauffa, parfuma, chatouilla mon palais.

De mes yeux cependant la paupière pesante,

Supportant mal du jour la chaleur accablante,

Tout-à-coup se ferma sous un ombrage frais,

        Et je rêvai que je dormais.

Aimable enchantement ! songe rempli de charmes !

ci je vois l'amour et ses tendres alarmes
nvironner Lucette et ses jeunes appas ;
  Colin observe tous ses pas ,
e quitte point sa main , ne danse qu'avec elle ,
  Et la naïve pastourelle
  Ne danse qu'avec son amant ,
e sourit qu'à lui seul : couple heureux et charmant !
  Seuls au milieu d'une foule bruyante ,
eur amour ingénu , dans leur âme innocente ,
ue n'empoisonne point le terrible remords ,
'épanche librement , sans troubles , sans efforts ;
  Il lui suffit d'un baiser doux et tendre
ue Lucette en riant donne ou se laisse prendre.
ls ne vont point chercher ces asiles secrets
ù l'on voit le plaisir enfanter les regrets :
  Leur amour n'est point un mystère.
ussi pur que le jour qui par-tout les éclaire ,
ls ne dérobent rien à l'austère vertu.
  Sans doute il est , même au village ,
Plus d'une jouvencelle ou séduite , ou peu sage ,
Qui , pour se consoler de ce qu'elle a perdu ,
  Prodigue de ce qui lui reste ,
Trafique sans pudeur d'une beauté funeste.
Par où commença-t-elle ? hélas ! par un baiser
Que la charmante enfant n'osa point refuser ,
Qu'un riche séducteur lui déroba peut-être.
Bientôt déshonorée , à l'exemple du traître
ui la quitta livrée à de tardifs regrets ,

L'infortunée apprit à devenir volage ;
Les heureux qu'elle fit, à leur tour peu discrets ,
Ne lui laissèrent plus que la honte en partage.
Des jeunes gens oisifs, des vieillards libertins,
Transformant leur domaine en un petit royaume ,
  Ainsi vont porter sous le chaume
  Tous les vices des citadins ;
 Ainsi...... Mais chut ! j'en aurais trop à dire
Si je m'abandonnais au grand saint qui m'inspire ,
Et de moraliser ce n'est point la saison :
On peut être ennuyeux et faire un beau sermon.
Je me réveille donc, et je reprends ma lyre.

  Le son du joyeux tambourin
  Avec le jour sur son déclin
Expire ; et les tilleuls à la tête chenue,
De l'antique château magnifique avenue ,
Restent abandonnés à ces enfans du Nil ,
  Aujourd'hui citoyens du monde ,
Nation sans patrie, errante, vagabonde ,
Qui traîne sur la terre un éternel exil.
  A la villageoise ignorance
Ils vendent l'avenir, la santé , le bonheur ,
Et rois déguenillés que poursuit l'indigence,
Possédant vingt secrets pour fixer l'opulence ,
Ils froncent le sourcil quand on crie au voleur !
Quelques amours furtifs vont se glissant dans l'ombre ,
Et cherchant des bosquets l'épaisseur la plus sombre ,

Jetant de tous côtés des regards soucieux,
Y courent s'enivrer de plaisirs dangereux.

      Lucette a retrouvé sa mère,

      Et sur sa couche solitaire,

Où les songes d'amour se mêlent aux pavots,
Elle va dans les bras d'un sommeil salutaire

      Goûter les douceurs du repos.

      Il est tard, et le char de l'ourse,

Derrière les coteaux accélérant sa course,

      Bientôt du nord va raser l'horizon ;

Et Phébé, dans les cieux que son disque illumine,
En silence épanchant sa lumière argentine,
A l'éclat imposant de l'ardente saison

      Fait succéder un jour mélancolique.

      A son influence magique

      Il est temps de céder, lecteur :

Allons dormir ; mes vers, bienfaisant narcotique,
De vous y préparer du moins ont eu l'honneur.

NOTES.

(*) Au commencement du règne de Louis xv le cardinal Albé-
roni, ministre d'Espagne, intrigua en France pour faire passer
la couronne dans la branche espagnole au préjudice de la
branche d'Orléans, au cas où Louis xv, encore enfant,
viendrait à mourir. Le régent déconcerta ces manœuvres
connues sous le nom de *Conspiration de Cellamare*, où se
trouva compromise la duchesse du Maine, princesse du sang
royal. Cette princesse embrassa avec chaleur ce qu'on appelait
la cause des *Princes légitimés*, à raison de son origine égale-

ment illégitime ; son hôtel était comme le foyer de toutes ces intrigues : elle fut exilée à Savigny.

Les maisons bâties autour du château sont la plupart couvertes d'inscriptions, les unes simplement écrites, les autres gravées au ciseau. Voici les principales :

1.º *Beatus ille qui, procul negotiis,*
Ut prisca gens mortalium,
Paterna rura bobus exercet suis,
Solutus omni fœnore.

HORACE.

2.º Une aune de serge est aussi longue qu'une aune de velours.

3.º Les vins de Savigny sont théologiques, morbifuges, et nourrissans.

4.º Sur la fontaine, en face de la porte latérale du château, on lit l'inscription suivante :

Nymphis loci.
Bibe, lava, tace.

Seconde Journée.

L<small>A</small> lune a disparu, sa lueur pâlissante
Cède à l'éclat vainqueur de l'aube renaissante.
L'aurore monte aux cieux, et de son char vermeil
Épanche sur la terre une douce rosée.
La nature a quitté les voiles du sommeil ;
Brillante de fraîcheur, mollement reposée,
Elle a déjà repris son aspect virginal.
Le souffle caressant du zéphyr matinal
D'un soleil dévorant répare les outrages :
Tout s'anime, tout rit, et même les nuages.
   A la fontaine ! mille échos
    Répètent ce cri d'alégresse ;
Et vers ce lieu charmant, précipitant ses flots,
Une foule joyeuse et s'agite et s'empresse,
Et Momus devant eux fait sonner ses grelots.

Aux premières clartés du jour qui vient de naître
S'ouvre un riant vallon, solitude champêtre,

Que du riche Bacchus précèdent les coteaux.
Par-derrière s'élève un vaste amphithéâtre,
Où le chêne et le hêtre enlaçant leurs rameaux
Recouvrent des rochers la dépouille grisâtre.

Ici du chêne sourcilleux
L'imposante et sombre verdure
Se mêle à ces rayons plus vifs, moins sérieux
Que l'érable, étalant son ombre moins obscure,
Laisse tomber de son front gracieux.
Là de son mobile feuillage
Qui se joue au-dessus de l'humble coudrier,
Plus élégant encor, le fragile sorbier,
Modeste roi d'un modeste bocage,
Déroule au gré des vents ses reflets argentés ;
Ses corymbes de pourpre avec grâce agités
Ornent les sommités de ses rameaux blanchâtres.
Des rochers décharnés plus loin les flancs noirâtres
Laissent échapper en festons
Et le lierre et la ronce, et la riante épine,
Et les roses de l'églantine.
Du sommet de ces rocs tombent sur nos moissons
Ces ouragans chargés d'effroyables glaçons
Qui viennent écraser notre frêle espérance.
Mais écartons ces pensers de malheur,
Et puisse d'un Ciel protecteur
La paternelle bienveillance
Préserver nos vallons du fléau destructeur !
Puisse la masse épouvantable

De ces rochers, couronne formidable

Qui ceint le front de ces monts sourcilleux,

Ne rassembler que ces vapeurs fécondes

Qui pour nous rafraîchir tombent du haut des cieux,

Ou qui remplissent de leurs ondes

L'urne de la Naïade et le lit des ruisseaux!

O Naïade, je te salue!

Arbres majestueux, dont la tête chenue

Sur le cristal de ces tranquilles eaux

Projette une ombre centenaire,

Salut! Puisse long-temps encor

Votre feuillage tutélaire

Protéger de ces eaux le limpide trésor!

Si l'on en croit les récits du vieil âge,

Si l'on en croit le témoignage

Ecrit sur ces rochers que respecta le temps,

D'un monde qui vieillit éternels monumens,

Et gravés par les flots en traits impérissables,

Au temps où le Druide avec sa serpe d'or

Allait du gui sacré recueillir le trésor,

Peut-être avant ce temps, peut-être au temps des fables,

Entre les rocs de Trys, au sommet des plateaux,

Un lac se déroulait en nappes azurées.

De Lautrot à Bessey ses rives resserrées

S'arrondissaient au sud, et de ces belles eaux

Accourant à l'envi des forêts tributaires

Le superflu descendait vers le nord :
C'était de ce côté qu'après un long effort
  Divisant les masses calcaires
Qui les emprisonnaient dans leur étroit canal
Les flots s'étaient ouvert une route pénible.
Là, s'échappant enfin de leur bassin natal,
Ils se précipitaient avec un bruit terrible
  Dans le ravin qui du *Cheval*
  Tira son nom peu poétique.
Ce nom sonnerait mieux si d'une muse antique
Il pouvait emprunter ce vernis séduisant
Dont la Grèce couvrait le nom le plus rustique :
Tout est vulgaire ici, là tout était charmant.

  Un beau Triton exilé par Neptune
Etait roi de ce lac, et de son infortune
  Se consolant par les jeux de l'amour
Sans relâche agaçait les Nymphes d'alentour.
Un jour dans le vallon, au bord de sa fontaine,
Il vit notre Naïade, il en devint épris.
  Son urne alors était moins pleine,
Ses ombrages moins beaux, ses gazons moins fleuris ;
  Mais sa grotte était plus profonde,
  Son lit de mousse était plus frais ;
Des buissons épineux en défendaient l'accès,
  Et s'ils déshonoraient son onde
La rendaient bien plus chère aux Nymphes des forêts.
Les Nymphes, sous l'abri de ces touffes plus sombres,

Fuyaient les feux brûlans du jour
Qui ne pouvaient percer l'épaisseur de leurs ombres,
Ou venaient y chercher les doux songes d'amour;
    Quelquefois même en son absence,
    Ouvrant, écartant ces rameaux,
    Les entrelaçaient en berceaux,
Où d'un amant chéri, brûlant d'impatience,
    Elles comblaient enfin les vœux.
O Nymphes! quel présent vous a fait la nature!
Lorqu'au nom de l'amour un berger vous conjure
Vous pouvez, sans effort, d'un mot faire un heureux.
    Le Triton, hélas! ne peut l'être,
Si de notre Naïade il attend le bonheur;
    La Nymphe aimait avant de le connaître:
Un berger du vallon avait surpris son cœur.
Je ne redirai point comment de cette flamme
    Le dieu sans cesse dévoré
    Sentit naître au fond de son âme
Un jaloux désespoir par l'orgueil inspiré;
    Ni comment des rochers de Bière,
Triomphant, inflexible et sourd à la prière,
    Il jeta son rival heureux
    Au sein de ces flots écumeux,
Qui de son lac franchissant la barrière
Ont creusé le ravin où bondit leur fureur,
Roulant de roc en roc, de cascade en cascade.
    Je ne dirai point la douleur
    Qui dessécha l'urne de la Naïade.

Brûlant d'amour, bourrelé de remords,
Le Triton fit de vains efforts
Pour expier, pour racheter son crime;
Il vit se flétrir sa victime :
Fuyons, dit-il, quittons ces tristes lieux !,
Je n'y suis point aimé, je n'y peux être heureux;
Mais de l'amour qui me dévore
Laissons à celle qui m'abhorre,
Laissons un dernier gage. Il dit; et son trident,
Dirigé par l'amour, par le dépit cuisant,
Ouvre le fond du lac : son onde mugissante
Par un passage souterrain
Roule jusqu'à la grotte où la Nymphe tremblante
Verse des pleurs amers et maudit l'inhumain,
Regrettant son bocage et son urne tarie,
Et le berger dont elle fut chérie.
En voyant arriver ces flots impétueux
Elle essuya les pleurs qui coulaient de ses yeux :
Il m'aima, le barbare ! Amour, amour, dit-elle,
Fallait-il qu'il vînt le dernier !
Que n'est-il venu le premier !
Je l'eusse aimé peut-être, et j'eusse été fidelle !
Ces mots calmèrent sa douleur.
Depuis ce jour, oubliant son malheur,
On voit son urne libérale
Couler inépuisable, et d'une onde rivale
Grossir le ruisseau du vallon.
Les bergers de Lautrot montrent encor l'issue

Par où le lac et le Triton
Se dérobèrent à leur vue.
De sa couronne de roseaux
Les débris sont épars au bord de ces ruisseaux
Qui, de Trys, de Lautrot arrosant les prairies,
Vont retrouver du lac les ondes englouties.

Mais déjà le soleil descend vers Claveson,
Et l'ombre en s'alongeant va couvrir le vallon.
C'était hier la fête du village,
Ce l'était encor ce matin;
Nous avons vu passer tout ce menu fretin,
Troupe joyeuse, à qui l'usage
Parfois juste, bien qu'insolent,
Consacre le nom mal sonnant,
Le triste nom de populace.
Quelquefois on dédaigne, on méprise la masse,
Mais on estime, on respecte souvent
Tel d'entre eux que le sort n'a pas mis à sa place :
Dans cette multitude il est des rangs divers,
Et tel avec dégoût évite la *canaille,*
Qui, par de plus huppés regardé de travers,
Devant eux s'humilie, et serrant la muraille
S'efface en les voyant passer.
Parmi ces vanités je ne vois que le sage
Que rien ne force à s'abaisser.
De la société vive et frappante image
Que le Ciel à nos yeux prend soin de retracer

Aussi souvent qu'il réunit ensemble
Ou citadins ou villageois !
Un instinct éprouvé détermine les choix,
Chacun pour se grouper cherche qui lui ressemble.
Le temps pour les petits avare de loisirs
    Ne permet pas que la paresse
    Dérobe rien à leurs plaisirs ;
    Le temps sans relâche les presse :
Échoppes, ateliers, chaumières, magasins,
Tout est silencieux dans les cantons voisins :
    Dès le matin tout était vide.
    Anes, bardeaux, mulets, roussins,
    Pour la foule de joie avide
Tout est bon ; et plusieurs modestes fantassins
    Dans un nuage de poussière
S'acheminent gaîment, et laissent en arrière
Ces vieillards encor verts, ces femmes, ces enfans,
Qui s'avancent au pas des baudets nonchalans.
    La route est une longue fête.
Pour sauver son bonnet bien plutôt que sa tête
D'un soleil couronné de rayons dévorans
La folâtre grisette a pris le parapluie ;
Et les chastes moitiés de ces bons artisans,
Dont l'atelier unit l'aisance à l'industrie,
Portent plus fièrement l'ombrelle de coton :
Elles n'ont point encor l'insolente manie
D'usurper ou la soie ou le lin du grand ton.
Savigny retentit du fracas des voitures ;

De la société plaisantes bigarrures,
Et de genres divers, suivant l'heure du jour :
Tous parlent de plaisirs, mais qui pense au retour ?
. Peu d'habitans sont demeurés à Beaune :
La savante Suzon et la modeste Saône,
Légistes et commis, voyageurs, officiers,
   Joyeuse et brillante jeunesse,
ans les divers hôtels ont fixé leurs quartiers.
   Seuls, avec ceux que leur richesse,
   Que les arts ou des parchemins
istinguent fièrement *des vulgaires humains;*
   Seuls ils donnent un air de vie
   A ces remparts silencieux
Que pour un jour déserte l'industrie.
On n'entend plus le bruit tumultueux
Dont le maillet bondissant en cadence
Fait de Bacchus retentir les chantiers;
a douve se repose, et même l'indigence
ubliant ses besoins quitte les ateliers;
e charme du plaisir, bien mieux que la police,
 fait de tous côtés suspendre les travaux;
'impérieux plaisir dans tous les cœurs se glisse,
t commande par-tout sans sbires ni prévôts.
'heure est venue, on part. La berline pesante,
e léger tilbury, la calèche élégante,
e rapide coursier, tout s'élance à la fois;
t Longchamps étonné se retrouve en nos bois,
i l'on peut comparer le cèdre à la fougère.

On arrive : laissons un instant la bergère,
  Suivons la dame des salons,
 Et maintenant braquons notre lorgnette
Sur la prude aux grands airs , sur la vive coquette ;
Voyons ce que produit l'air pur de nos vallons
  Sur les grâces de la grisette,
Sur le fat importun, sur l'éternel plaisant ,
  Sur l'honnête homme et le pédant.
  Mais , que dis-je ? arrêtons-nous , muse !
  Votre bavardage m'abuse ;
  Qui trop embrasse, mal étreint :
Faisons un choix. Qu'importe, en effet, que la prude
  Dans le taillis s'égare avec un saint ,
  Et fasse une chute un peu rude ?
On en rit, on en jase, et pourtant qui la plaint ?
La coquette a ses jours : plus prudente, plus sage ,
  Sous le voile du badinage
  Elle donne ses rendez-vous ;
Mais ce n'est point aux bois , là des regards jaloux
Fouillent de tous côtés le plus sombre feuillage ;
Dans son boudoir enfin le jour est bien plus doux.
Pouvons-nous admirer ce fat, ce petit-maître ,
  Qui n'est qu'un sot et ne pense point l'être,
  Qui feint d'être blasé sur tout
  Pour que des perroquets femelles,
Qu'il dresse à caqueter à l'ombre de ses ailes ,
Dans les salons musqués aillent vanter son goût ?
  Pour ce malheureux honnête homme

Laissons-le entre les mains du pédant qui l'assomme;
Il saura s'en défaire et s'amuser sans bruit :
      Gardons-nous de prendre sa place !
C'est un tourment cruel qui ne porte aucun fruit
Que de voir un quart d'heure un pédant face à face.
       Mais il vaut mieux suivre les pas
      De cette vierge aux timides appas,
Qui dans le monde fait sa première campagne.
       Sa mère par-tout l'accompagne :
Femme expérimentée, elle sait quel danger
Environne les pas qu'elle doit protéger ;
      Elle se souvient qu'elle est mère,
      Et dans la saison de l'amour
    Elle a voulu cultiver à son tour
      Cette fleur dont elle est si fière,
    Mais qui lui fut si long-temps étrangère.
Son enfance, loin d'elle élevée à grands frais,
Apprit quelques vertus, mais surtout l'art de plaire,
L'art de faire briller ses pudiques attraits,
Et d'inspirer l'amour en restant innocente :
Aussi comme elle est belle, aimable, séduisante !
      Voyez comme la noble enfant
      Baisse les yeux en rougissant
A l'aspect des amours qu'on rencontre au village !
Elle ne comprend pas qu'on puisse rester sage
     Et recevoir les baisers d'un amant.
Que comprend-elle? rien.... Combien on doit vous plaindre,
O vierges des cités ! On vous apprend à craindre,

A trembler, à rougir au seul nom de l'amour ;

    Et cependant on vous crée une cour

Où, long-temps sans savoir quel danger vous menace,

Il faut que votre cœur se ferme et soit de glace

Lorsque vous devinez en consultant vos sens

Quel doux charme s'attache à vos attraits naissans !

      Et si le Ciel d'une âme ardente

Plaça dans votre sein la flamme dévorante

        Qui pourra peindre vos tourmens ?

        Au milieu d'un monde d'amans

        Qui de l'amour font un mystère,

        Et se nomment adorateurs,

        Idoles à tête légère,

Qu'on enivre d'encens, de galantes fadeurs,

    Pouvez-vous donc rester indifférentes,

Ne point sentir les feux du volcan embrasé

Qui remplit votre cœur de ses flammes puissantes ;

Ne point prendre un amant, mortel favorisé,

Qui soit pour vous brûlant d'un amour véritable ?

Ah ! vous feignez en vain, la nature a parlé,

    Vierges, votre cœur est coupable,

Coupable de désirs, vos yeux l'ont décelé !

Mais ne révélons point ces plaisirs solitaires,

Des modernes Sapho honteux et vains mystères :

Vierges, ne quittez plus l'asile paternel,

      Sinon pour aller à l'autel,

      Où, fixant votre destinée,

L'amour allumera les flambeaux d'hyménée.

Et cependant ne craignez point l'amour :
    Un amour chaste et légitime
    Est sans danger, n'est point un crime,
Et c'est à lui que vous devez le jour.
Aimez, ne craignez point d'imiter votre mère ;
Dansez avec l'amant que votre cœur préfère ;
Épouses, ne walsez qu'avec le tendre époux
    A qui l'hymen donne le droit si doux
    De respirer une haleine embaumée,
De voir les battemens d'un sein voluptueux,
Et de vous retenir dans ses bras amoureux.
        La pudeur s'enfuit alarmée
    Lorsqu'elle voit dans les lacs d'un Pâris
    S'abandonner une imprudente Hélène ;
Et toi, fils de Vénus, dieu malin, tu souris !
    Le jouvenceau de ses deux bras l'enchaîne,
La presse, la soutient, et la porte et l'entraîne,
    Dans ses regards voit briller les désirs,
Répond à ses soupirs par de brûlans soupirs,
Et de galans aveux chatouillant son oreille
Prépare à la tendresse un cœur faible, éperdu,
Que les sens échauffés ont à demi vaincu,
Tandis que l'innocence ou succombe ou sommeille.
Ainsi j'ai vu périr Églé sortant d'un bal,
        Églé, malheureuse victime
D'un plaisir séducteur, à la vertu fatal,
        Et trop souvent voisin du crime.
    A son honneur, à ses attraits

Elle ne put survivre, et fut bientôt flétrie
Trop funeste beauté, tu lui coûtas la vie !
Nymphes, pleurez Églé, donnez-lui des regrets ;
Elle en fut digne. Églé, vierge aimable et modeste,
Reçut de la nature une beauté céleste,
　　　Un cœur sans fiel, affectueux,
Mais un esprit ardent, des sens voluptueux :
Elle dut succomber, tout conspira contre elle.
　　　Sans doute, à la vertu fidelle,
　　Elle aurait fait le bonheur d'un époux
　　　Si le Ciel n'avait en courroux
Puni la vanité, la conduite légère
Et la soif du plaisir qu'elle apprit de sa mère.

Mais que viens-je d'entendre, et d'où partent ces cris,
　　　Ces cris de triomphe et de joie ?
Quel appareil nouveau tout-à-coup se déploie
　　　Et vient charmer les yeux surpris !
Amans des Grecs, venez, voici notre Olympie :
Si les sœurs d'Apollon n'y briguent point le prix
　　　Nous le donnons à l'industrie.
Accourez, et jugez ! Le Bourgogne mousseux
Pétille, impatient de ravir au Champagne
Et sa gloire exclusive, et son nom si fameux :
Coteaux chers à Bacchus, vrai pays de Cocagne,
　　　Lorsque d'un esprit créateur
　　Vous recevez la lumière féconde,
　　　Les voilà ces jours de splendeur

Qui vous furent promis ! Gloire à qui le seconde
Celui qui le premier dévoila le trésor
Que recelaient vos flancs, heureuse mine d'or !
Digne chantre des Grecs, ah ! que n'ai-je ta lyre,
   Et d'où vient que ma faible voix
   Répond mal au dieu qui m'inspire !
   Les échos ravis de ces bois,
A tes nobles accens que redirait la France,
Uniraient les accens de la reconnaissance,
Et tu rendrais justice à des noms honorés
Dont ne peut s'emparer une muse vulgaire ;
   Mais, moi chétif, je dois me taire,
  Ces noms pour moi doivent être sacrés :
Eux-mêmes ils m'ont fait une loi du silence.
Le signal est donné, le bouchon qui s'élance
Rend au nectar captif toute sa liberté :
   Qu'est devenu cet Aï si vanté ?
Il ne donne plus seul cette mousse légère
Qui s'élève, s'anime et rit dans la fougère.
   Mais que puis-je encore ajouter ?
  Les fils du czar, Albion, la Pologne,
   Nous diront qui doit l'emporter
   Ou la Champagne ou la Bourgogne.

Buvons en attendant, buvons ! Eh quoi ! la nuit
Déjà couvre les cieux de ses humides ombres,
   Le jour disparaît et s'enfuit !
Phébé ne brille point, et des nuages sombres

Du sommet de ces monts descendent lentement ;
De ces bois agités le sourd mugissement
Que nous présage-t-il ?.... Soudain la foudre gronde,
Éclate avec fracas, et les torrens des cieux,
De rochers en rochers roulant impétueux,
A travers le vallon précipitent leur onde.
On se disperse, on fuit pour chercher un abri :
Chacun se cache au bois, on court à sa voiture......
Mais la foudre bientôt n'est plus qu'un long murmure ;
Pour partir on se cherche, on se rassemble, on rit,
Et les chevaux sont prêts....... Mais quel horrible cri !
     Quelle est cette Nymphe charmante
Qui fuit d'un pied léger que presse l'épouvante ?
D'où lui vient tant d'effroi ? qu'a-t-elle à redouter ?
Les enfans de Bacchus, dans leur joyeuse ivresse,
     Oseraient-ils ne point vous respecter,
     Nobles atours que porte une déesse !
Cet élégant chapeau tout brillant de fraîcheur
     Ressemble-t-il à la simple cornette
Dont se pare le front de la jeune soubrette ?
Bannissez, ô Thaïs, une vaine terreur !......
Elle glisse, trébuche, et le gazon humide
Tout-à-coup se dérobe à son pied trop rapide ;
Elle tombe, s'écrie, et se levant soudain
D'un galant chevalier elle cherche la main
     Pour arriver à sa voiture.
     S'est-elle fait quelque blessure ?
Non ; mais qu'importe, hélas ! ces tissus transparens

Qui flottent en désordre, épars au gré des vents,
Ces voiles si légers, ces plumes précieuses
Qui jouaient sur son front en touffes gracieuses,
Et ce chapeau venu tout exprès de Paris,
Tout est froissé, souillé par l'humide verdure.

   De ses membres un peu meurtris
Que ne peut-elle au moins racheter sa parure !
  Elle prendrait un petit air souffrant,
Et pourrait déplorer son cruel accident,
On la plaindrait; mais quoi! pas une égratignure !
   Est-il rien qui soit plus affreux!
Mais l'homme rit de tout, plaisante créature !
Il rit même en criant qu'il est bien malheureux!
   Thaïs est déjà consolée, ·
Et prête à soutenir de plus rudes assauts
A l'aspect de ces chars qui prennent leur volée
   Comme une bande d'étourneaux,
Et courent en tout sens à travers la prairie.
Le cocher le plus sûr, l'homme le plus adroit
Tremblerait d'imiter cette ardente folie
S'il avait conservé quelque peu de sang froid,
   Et victime de sa prudence
Se ferait accrocher dans cette foule immense.
   Mais par bonheur on chercherait en vain
   Pour y trouver un homme raisonnable.....
Que dis-je? le voilà! forcé d'aller grand train
   Pendant qu'il jure et qu'il se donne au diable
   Pour avoir eu la sotte vanité

De montrer sa dextérité,
Au milieu de cette bagarre,
Il accroche, ô destin bizarre !
Il accroche lui-même un grand char à moisson,
Berline de hameau, portant vingt pastourelles ;
Il verse en maudissant sa fâcheuse raison ;
Et les folâtres jouvencelles,
Sûres qu'il ne s'est point blessé
(Car peut-on se blesser dans une telle fête !),
En s'éloignant du coursier renversé,
Le couvrent des pieds à la tête
De mille quolibets tout remplis d'un gros sel.
Le Ciel pour le venger ramène la tempête,
Et des carreaux brûlans d'un foudre solennel
Frappe et déchire un horrible nuage,
Qui soudain se fondant en eau
Semble d'un déluge nouveau
Inonder les chars du village.
Quelques beautés du haut parage
Riant, grondant, gémissant tour-à-tour,
Prennent leur part du châtiment céleste:
Le tilbury, le coupé le plus leste,
Le cheval le plus vif courût-il en plein jour,
Ne saurait éviter la pluie impitoyable
Qui tombe sans relâche et roule en noirs torrens.
Le chemin est étroit et la nuit effroyable ;
Des nuages épais entassés par les vents
Ont voilé de Phébé le disque secourable.

Il faut cheminer à pas lents;

Mais tout-à-coup ses rayons pâlissans
Saisissant à l'envi les moindres intervalles
Se font jour au travers de ces ombres fatales.

Plusieurs chemins s'offrent en même temps,
Et Savigny s'approche : on y vole, on s'empresse,

Et les coursiers impatiens

Excités par le fouet redoublent de vîtesse.
Les toits hospitaliers s'ouvrent aux fugitifs;
Les maîtres bienveillans, les valets attentifs
Apportent de concert les tributs de leur zèle,
Et le vin *nourrissant* circulant de nouveau
De tous côtés fait naître une gaîté nouvelle,
Et réchauffe à la fois les sens et le cerveau.
On répare, on refait, on change les toilettes,
Et la superbe Arsène est charmante en cornettes.
La pluie est arrêtée, on reprend son chemin.
De vingt déguisemens l'étrangeté piquante
Produit maint quiproquo, mainte scène plaisante.
On remonte en voiture en se serrant la main,

Et l'on se dit, Adieu jusqu'à demain.

Hommes, faibles mortels, grands enfans que vous êtes,
Rien ne pourra vous corriger !
Mais quoi ! si la raison peut vous faire changer
Voyez comment se terminent vos fêtes.
Tandis que vous goûtez les douceurs du plaisir,

Oubliant, négligeant les soins de l'avenir,
Le Destin vous observe , et d'horribles tempêtes
S'amassent et bientôt éclatent sur vos têtes !

Troisième Journée.

Je ne puis me lasser de revoir ces beaux lieux ;
Il faut y retourner, muse, c'est encor fête :
Le plaisir nous l'ordonne, et l'utile tempête
            En dégageant l'azur des cieux
            De ces lourds et sombres nuages,
            De ces dévorantes vapeurs
Que rassemble en grondant le dragon des orages,
La tempête apaisant de trop vives ardeurs,
Au prix de quelque trouble et de courtes alarmes,
            A rajeuni, ranimé nos vallons,
                Leur a donné de nouveaux charmes.
            Quel doux réveil ! Allons, muse, partons !
Nous ne trouverons plus cette immense cohue
Où les rangs tour à tour confondus, séparés,
Les groupes si divers, souvent si bigarrés,
Fatiguaient, affligeaient et l'esprit et la vue ;

Ni les emportemens d'une folle gaîté,

    Trop voisine de la licence,

Que le peuple parfois prend pour la liberté :

    Mais la Gaîté, fille de la Décence,

      Que modère l'urbanité,

      Anime ces groupes d'élite

      Qui font la troisième visite

A notre aimable Nymphe, à son bois enchanté.

    Plus de délai ! loin de la ville

    Allons chercher dans ce riant asile

Un jour de douce joie, un instant de bonheur.

    Déjà les coursiers pleins d'ardeur

Hennissent de plaisir, frappent du pied la terre ;

Les chars-à-bancs sont prêts. La jeune ménagère,

Dont la grâce embellit les plus minces apprêts,

D'une main diligente a rempli les coffrets

De ces mets à la fois délicats et solides,

Pour les buveurs poltrons au reste assez perfides,

Que doit assaisonner un appétit d'élu.

Le jambon mayençais et le pâté de Lille,

    D'un commerce au loin étendu,

Hors-d'œuvre gracieux en même temps utile,

Et la dinde en gelée, et le cervelas cru,

La daube et le filet, et la langue fourrée,

Du champêtre banquet sont la base et l'entrée.

    Elle ne t'a point négligé,

Nectar nouveau, si fier de ta mousse indigène.

Gloire encore une fois à l'industrie humaine !

Gloire à Lausseure ! il a changé ,

Il a de nos riches cultures

Agrandi les destins en butte au préjugé.

Le Bacchus champenois par de vaines injures

Pense faire avorter le fruit de ses travaux :

A l'évidence il faudra qu'il se rende ,

Et pour combattre des rivaux ,

Malgré lui , dans l'arène il faudra qu'il descende.

Vous n'en aurez pas moins ce bouquet précieux

Qui vous fait appeler à la table des dieux ,

Vins délicats , enfans d'une même patrie ,

Nés à côté du vin mousseux !

La gloire de vos noms n'en sera point flétrie ,

Vougeot et Vollenay , Nuits , Beaune , Chambertin;

Et quelque mousse qui pétille

Rien ne peut obscurcir votre brillant destin :

Vous êtes les aînés d'une belle famille.

On s'embarque , on part sans fracas :

Ce n'est plus cette ardeur quelquefois si funeste ,

Multipliant les embarras

Au risque d'écraser le fantassin modeste

Qui cherche à devancer un rival plus obscur ;

C'est un trot leste , égal et sûr ,

Qui fait voler ces chars plus sagement rapides.

Ainsi de ces ondes limpides

La Nymphe du vallon accélérant le cours ,

Sans inonder ses bords en suit tous les détours.

    Arrêtons-nous devant cette prairie

Couverte maintenant de superbes troupeaux ;

    Sous ces noyers si pompeux et si beaux

Qui n'ont point, il est vrai, la couronne fleurie

Qu'on voit briller au front de ces bois fastueux,

Enfans favorisés du soleil des tropiques,

Mais de qui les rameaux, ombrages magnifiques,

    Sont chargés de fruits précieux.

Là de tous les côtés la champêtre opulence

Étale ses trésors comme en un beau verger :

D'un utile travail heureuse récompense

    Destinée à l'encourager !

    Arrêtons-nous, reposons notre vue

Sur ces arbres féconds sans efforts et sans frais,

Du palais des Sylvains gracieuse avenue,

Douces transitions à ces ombrages frais,

    A ces orgueilleuses forêts,

Ou le travail, forcé d'outrager la nature,

Ne peut rien obtenir que la hache à la main.

Au milieu de ce parc, où l'art viendrait en vain

Apporter ses efforts et sa docte parure,

Du saule blanchissant la verte chevelure

Signale du ruisseau les contours sinueux.

Ces troncs brisés par l'àge, hérissés, tortueux,

    Ou resplendissant de jeunesse,

Au milieu des noyers dont la mâle vieillesse,

Quelquefois de la foudre aussi bien que des ans,
   Porte l'empreinte au milieu de ses rides;
   Ces peupliers balancés par les vents,
Qui s'élancent au ciel en vertes pyramides :
   Tout parle au cœur, tout enchante les sens.

   Faisons un pas : j'aperçois la Fontaine,
Et mon œil étonné découvre une autre scène;
Là je ne trouve plus l'homme ni ses travaux :
C'est un bras tout-puissant, le bras de la nature,
Qui peut-être s'aidant du lent travail des eaux,
    Traça l'immense architecture
  De ces rochers, de ces monts escarpés,
    · Amphithéâtres de verdure,
Qui de noires vapeurs souvent enveloppés,
Mais aujourd'hui brillans d'une lumière pure,
Étalent de l'été le plus riant trésor.

   Encore un pas, la scène change encor.
Plus loin est Claveson et ses gorges profondes,
Ses cavernes, son cirque, et ses eaux vagabondes
Qu'on voit sourdre du sein de ses rochers mousseux,
Jaillir de tous côtés ou tomber en cascades :
Délicieux présent des plus fraîches Naïades
Qui courent arroser un vallon plantureux !

    Là, sur le bord des précipices,
Parmi les rocs gravissant le Vigneux,

Avec terreur, avec délices,
Je contemple à mes pieds ces champs, ces prés, ces bois,
Où les yeux éblouis, embarrassés du choix,
Trouvent de tous côtés des scènes admirables,
Des vallons enchanteurs et des sites aimables.

Mais redescendons ; nos amis
Autour de la Fontaine enfin sont réunis ;
Prenons place au festin que la beauté prépare :
Les coffres sont vidés, et les gazons couverts
De groupes élégans et de cents mets divers.
Le pâté vient d'abord : l'appétit s'en empare,
Enfonce avec ardeur un couteau vigoureux
Dans ses flancs tout remplis d'un gibier savoureux ;
Le pâté disparaît, d'autres mets lui succèdent,
    Et disparaissent à leur tour.
Sibarites, ô vous que tant de maux obsèdent,
    Vous qu'on dit morts à Bacchus, à l'Amour,
    Et blasés par la jouissance,
Ah ! quittez un instant pour ce riant séjour
    Les vains lambris de l'opulence ;
    Soyez témoins de nos plaisirs !
Vainement votre cœur est de glace aux désirs :
Pour un moment du moins il faudra qu'il s'anime
    En admirant l'appétit magnanime
    Qu'on voit régner dans nos brillans festins.
Peut-être envîrez-vous les aimables destins
De ce couple charmant qui boit à l'hyménée :

L'hyménée encor jeune, en resserrant les nœuds,
En consacrant l'amour qui les rendit heureux,
    N'a point tari la source fortunée
    Où, rassemblant tout ce qu'elle a d'attraits,
    La Volupté les fit boire à longs traits.
      Tous deux, au printemps de leur vie,
Ils n'ont point épuisé ces germes de bonheur
      Que féconde en un jeune cœur
Une tendre union solennelle et chérie;
      Et, bien loin d'être refroidie,
      Chaque jour s'accroît leur ardeur.
Venez, instruisez-vous, ô puissans de la terre !
Et voyez quels plaisirs savent nous rendre heureux.
      La jeune épouse, bientôt mère
Pour la première fois, dans son sein amoureux
Qui tressaille d'espoir, et d'orgueil et de joie,
    Porte un doux fruit qui comble tous ses vœux.
Voyez de quel regard fier et voluptueux,
      Où l'alégresse se déploie,
Elle admire celui de qui les tendres feux
Dans son sein virginal firent naître la vie !
Suivez tous ses regards : parcourant la prairie,
Voilà qu'ils sont fixés par un charme nouveau.
      Ils s'attachent avec délices
      Sur la plus tendre des génisses
Qui va cherchant sa mère à travers le troupeau.
      Voyez, voyez de quelle ivresse,
      De quel joyeux contentement

Brille, rayonne maintenant
Cette figure enchanteresse
En contemplant, en admirant
La maternelle inquiétude!
Du bonheur parmi nous, ah! prenez l'habitude :
Notre bonheur ne s'use pas,
Nous le devons à la nature ;
Rien n'en altère les appas,
Et la source en est toujours pure.
Voyez quelle aimable gaîté
Succède à l'appétit qui vous a fait envie!
Charmante de naïveté,
La chansonnette à notre âme ravie
Rappelle encor des souvenirs bien doux
Dont la joie est présente à nos jeunes époux;
Puis la tendre romance et la chanson à boire
De nos concerts se partagent la gloire.
Te nommerai-je, ô Béranger!
Toi dont les chants gravés au temple de mémoire
D'une héroïque armée ont consacré la gloire!
Ton nom fameux sera-t-il sans danger?
Oui, dans *les cieux* accompagnant ton *âme*,
Confiant notre sort *au Dieu des bonnes gens*,
Mais laissant reposer les traits de l'épigramme,
Nous n'éveillerons point les soupçons des méchans.
Notre nectar, que dans ses eaux limpides
La Naïade prit soin de tenir toujours frais,
Versé discrètement, sans fracas, sans excès,

Ne pourra nous livrer à des transports perfides,

Ni de nos jeux troubler la paix.

A ces aimables chants succède encor la danse.

Déjà l'archet prélude, et maint couple s'élance;

Mais vous, pour qui ces jeux ne sont plus d'aucun prix,

Si jamais cependant vous en fûtes épris,

Venez encor, venez, conduits par ces Ménades,

Qui du cygne heureux de Tibur

Charmaient les douces promenades

Quand le falerne le plus pur

Échauffait dans son cœur sa veine poétique,

Venez de ce vallon magique

Admirer avec moi l'immortelle beauté.

Ah! si ta muse l'eût chanté,

Si tu l'euses connu, charmant et beau génie,

Chantre de la Pitié, des Champs et des Jardins,

Sa gloire exciterait l'envie;

Ta muse eût ennobli ses modestes destins!

Tu pourrais expliquer pourquoi de ces montagnes

L'horizon circonscrit, fermé de toutes parts,

Ne peut dans son enclos enchaîner mes regards,

Ni m'empêcher de rêver des campagnes,

Des lointains et l'immensité.

A ces élans de liberté

Quelle magie a donné tant de charmes?

Moi, qui ne saurais sans alarmes

Dans un espace étroit me sentir resserré,

D'où vient que je me plais à me croire égaré

Dans cet étroit vallon qui semble sans issue?
Dans un bois de la plaine aussitôt que ma vue
Ne peut plus pénétrer à travers les halliers,
  Aussitôt que de longs sentiers
Semblent se prolonger plus loin que ma pensée,
Soudain l'impatience accélère mes pas;
Je ne sais quel effroi que je ne comprends pas
Se glisse incontinent dans mon âme oppressée!
Ici je ne crains rien, ma démarche est aisée;
Je ne désire point de quitter ces beaux lieux:
Il n'est aucun endroit où je me trouve mieux,
Plus libre, mieux vivant, plus dégagé de chaînes;
Ici plus de tourmens, de soucis, ni de haines.
  L'image de la jeune Églé
Ne se retrace point dans mon cœur désolé;
Elle est d'un autre lieu cette image pénible,
  Elle ne peut appartenir
  A cette nature paisible,
Et j'y sens expirer tout amer souvenir.
L'hiver même, l'hiver au milieu des nuages,
Même quand ces rochers sont tout couverts d'orages,
Un attrait inconnu m'y conduit, m'y retient;
Et lorsque j'ai quitté ces divines images
Mon cœur long-temps après les garde et s'en souvient.

  Mais quoi! d'un flageolet rustique
N'ai-je point entendu les champêtres accords?
Dans son étrangeté cette simple musique

Dans mon âme étonnée enfante des transports
Dont je ne cherche point à me rendre le maître.
Mes sens émus recueillent ces accens,
Je m'éveille et me sens renaître :
Quel charme les rend si touchans !
Qui peut mettre avec eux mon cœur en harmonie !
Mais approchons; c'est une troupe amie,
C'est Lucette avec son amant,
C'est un couple d'heureux, c'est un couple charmant
Qui des autels de l'hyménée
Revient gaîment au son du joyeux instrument.
Époux de l'an dernier, époux de cette année,
Unissons-nous, l'amour et la fête et le lieu
Bannissent l'étiquette; et puisqn'il n'est qu'un Dieu,
Dans le temple de la nature,
Sous ces portiques de verdure,
Que les mortels unis par de secrets liens
Ne forment plus qu'une seule famille.
La douce égalité, source de tant de biens,
D'un sot orgueil ne fut jamais la fille.

Notre Eugénie accourt, son époux la conduit;
La danse est suspendue, on s'échappe, on la suit.
La nouvelle épousée est aimable et jolie;
Son sein éblouissant de blancheur et de vie
Est chargé d'un faisceau de ces énormes fleurs,
Où la soie imitant de tranchantes couleurs
Fait à la nature un outrage.

Lucette, jeune vierge au robuste corsage,
Semble un des plus beaux brins d'un myrte vigoureux
       Que dans son plus riant parterre
Cultiva pour Colin la reine de Cythère.
Colin est digne d'elle et sent qu'il est heureux :
Amant bien découplé, sa gaîté, sa franchise,
       Nous préviennent en sa faveur ;
    ·   On devine sans qu'il le dise
       Que ces roses de la pudeur,
Qui de sa jeune épouse ornent le front timide,
D'un incarnat plus vif doivent se peindre encor
       Lorsqu'à l'heure où l'Hymen préside
       Il ravira ce doux trésor
       Que la Volupté lui réserve.
Il soutient les regards de quiconque l'observe
       De cet air ouvert, ingénu,
       Mais ferme et non moins résolu,
Que ne peut imiter l'orgueil ni l'impudence ;
       De cet air qui veut dire : Elle est à moi,
Son cœur en mon amour a mis sa confiance :
Qui ne serait point fier d'avoir reçu sa foi ?
       Eugénie embrasse Lucette ;
       Leur gaîté naïve et discrète
En un léger sourire échange vingt propos.
       Ah ! ce sourire en dit plus qu'il n'est gros,
       Pensait Colin : bientôt, ma toute belle,
       Tout entier tu le comprendras,
       Et tu pourras apprendre dans mes bras

Tout ce que veut savoir charmante pastourelle
   Qui sent brûler son chaste cœur,
Et de ses jeunes sens ne comprend point l'ardeur.

  Lucette est fêtée à la ronde ;
On se mêle, on s'embrasse, et nul n'est étonné
D'un rôle pour lequel il n'est point destiné.
  L'aimable joie, âme du monde,
  Fait disparaître en un moment
  La vanité, l'orgueil et l'étiquette.
Adolphe en souriant s'empare de Lucette,
  Et fait un signe au vigoureux amant
   Qui saisit le bras d'Eugénie.
De toutes parts soudain l'échange est achevé,
  Et l'on parcourt en dansant la prairie.
  O doux plaisir, enfant de la folie,
   Le plus doux que j'aie éprouvé !
  Le croirez-vous, amans de la licence,
Notre folle gaîté n'exclut point la décence !
Que ces bons villageois, fiers et respectueux,
Me semblent à leur aise, aimables même, heureux !
Oh ! comme je triomphe ! et pour moi quel spectacle !
  Les voilà donc ces rustres insolens
Que l'on nous peint encor si gauches, si rampans !
  Une femme a fait ce miracle :
L'effronté libertin, s'il en est parmi nous,
N'oserait s'exposer au mépris, au courroux
  De la sage et tendre Eugénie ;

Il est sous le charme , il oublíe
Son persifflage et ses fadeurs.
Cessez donc de tremper vos pinceaux dans la fange
Pour peindre le village et ses paisibles mœurs ,
Fils des cités ! Ce dégoûtant mélange
De servile ignorance et de corruption ,
Qu'on vous voit si souvent peindre avec passion ,
Est le fruit de votre infamie ,
De vos emportemens , de votre frénésie !......
Mais quittons ce sujet , il afflige mon cœur ;
Et le temps n'est pas loin où je vous vois , plus sages ,
Vous faire un autre point d'honneur ;
De vos préventions réparer les outrages ,
Instruire au lieu de pervertir ,
Et des hameaux protéger l'avenir.

Les débris du banquet sont encor respectables ;
On reconstruit, on prolonge les tables ;
Une seconde fois on couvre les gazons
De mets exquis et de flacons.

Qui peindra la gaîté, vive autant que sincère ,
De ces honnêtes villageois
En savourant pour la première fois
Cette aimable liqueur qui n'est plus étrangère ,
Et qui pétille dans leur verre ?
Ils ont compris de quels trésors nouveaux
Un homme entreprenant enrichit leurs coteaux ;

D'un mouvement soudain à décrire impossible,
Et cédant au pouvoir d'un charme irrésistible,
    Ils se lèvent tous à la fois,
Et boivent à celui dont l'heureuse industrie
    D'un tel bienfait a doté leur patrie.
La Nymphe a tressailli, les échos de nos bois
Répondent tour à tour à ces rustiques voix.

Cependant, au milieu des ombres-vaporeuses,
Que de ses profondeurs, lointaines, ténébreuses,
Un immense horizon exhale à l'orient,
La lune guide aux cieux son char impatient.
Son disque large et plein à travers le feuillage
Darde les longs reflets de ses feux empourprés ;
Les cieux de l'occident par Vesper éclairés
Sont vêtus, sont drapés d'un éclatant nuage,
Dont l'or et les rubis s'unissant à l'azur
    Entourent la couche brillante
Où repose Phébus dans les bras d'une amante.
    Un ciel resplendissant et pur
Comme un voile d'hymen s'etend sur notre tête ;
    La nuit descend, il faut partir ;
    Et ce moment est encore une fête.
Ainsi nous terminons un jour sans repentir
    Par des adieux que l'espoir accompagne.

    Adieu, Nymphes de la montagne !
Combien de fois encor je viendrai vous revoir !

Combien de fois, dans votre solitude,
Lorsque le calme heureux du soir
Des scènes de la nuit est le touchant prélude,
Reviendrai-je, à l'abri des vaines passions ;
Attendre loin du bruit vos inspirations !

FIN.

www.ingramcontent.com/pod-product-compliance
Lightning Source LLC
Chambersburg PA
CBHW061657180626
46818CB00003B/1139